A Jules et à Eléonore,
les deux extrémités
de cette vie...

Mes remerciements à :
Hamed et Ginette,
Antoine et Magalie,
Max et Corinne,
Raymond et Michou,
Alain, Odile et leurs enfants,
Loulou, Emmanuelle et Elodie,
tous mes amis de l'Aveyron,
mes proches, Jean-Claude,
et tous ceux qui m'ont
encouragé dans la réalisation
de cet ouvrage...

La vie est une
larme qui sèche
l'infini de la
félicité.

Jeanne LAVAL

LA NAISSANCE DE KIEPP

Je m'appelle Rebecca, j'ai onze ans et demi et il faut que je vous conte une histoire extraordinaire...

Tout commence dans une petite ferme, où une vieille amie d'enfance de ma grand-mère, sans âge, vit seule et élève :

Lapins, cochons, chèvres, moutons, vaches et volailles diverses.

Elle vit là, heureuse parmi tous ses animaux, dans une maison délabrée qui a appartenu à ses parents, ses grands-parents et plus loin encore !

Joséphine, c'est son prénom, ne s'est jamais mariée, elle a choisi simplement de rester sur la terre de ses ancêtres et s'en trouve bien ainsi.

Tous les jeunes de son époque sont partis vivre à la ville, se sont mariés et ne reviennent que de temps en temps pour montrer à leurs enfants ou petits-enfants, là où ils sont nés...

Bref, la vie de Joséphine s'écoule comme le temps sur sa vieille horloge, c'est à dire trop vite et à la fois trop lentement, au rythme du balancier :
Tic - Tac ! Tic - Tac ... !
Elle ne s'ennuie pas, non ! elle doit donner à manger à tous ses pensionnaires :
- Les deux vaches : Cloé et Marie,
- Les quatre chèvres, espiègles et coquines, car si Joséphine leur tourne le dos, la plus jeune aussitôt lui donne un amical coup de corne dans les fesses !
Elle n'a plus que deux moutons, elle les aime tout particulièrement pour les avoir élevés au biberon à la mort de leur mère...
Deux frères se ressemblant comme des jumeaux : BEEH ! BEEH ! disent-ils à Joséphine comme pour la remercier de ses bons soins ! Bon! restent les lapins, les volailles, et les cochons...

Mais il y en a trois de plus que l'année dernière ! Petits et tout roses, qu'ils sont mignons !
Curieux, ils viennent tout près de ma main, les parents semblent bien fiers d'une si jolie famille ! Les "GROINS, GROINS" nous font bien rire...
"Quel travail ! Joséphine, mais comment arrives-tu à faire tout cela toute seule ?"
"Oh" ! dit-elle en souriant, "je me lève avec le soleil et je me couche le soir bien après lui !"
Mais passons aux lapins, elle leur apporte du foin chargé d'odeurs de la campagne environnante, des fanes de carottes et du pain dur...
Leur nez n'arrête pas de bouger et ils ont l'air bien contents de voir arriver leur bienfaitrice les bras chargés de bonnes choses !
"On devrait s'asseoir un peu," je souffle à Joséphine !

"Pas question avant d'avoir donné le grain aux volailles."
Quelle vigueur cette Joséphine !
"Allez ! Allez ! Venez ! Venez" ! leur crie-t-elle !
"Petits ! Petits"
Tous et toutes se dandinent : canards, oies, pintades, poules, à qui arrivera le premier...
Seul le coq, reste à l'écart, fier, il regarde le spectacle de toute sa cour...
Il gonfle sa poitrine, renverse sa tête en arrière et pousse son "COCORRICO" ! le bec largement ouvert, rappelant à tout le monde qu'il est le maître incontesté de la basse-cour...
Quand tout ce petit monde est occupé à picorer, Joséphine en profite pour aller voir dans le poulailler et ramasser quelques oeufs, tout en se dirigeant vers la maison...

Je lui emboîte vivement le pas.
C'est toujours avec autant de plaisir et de bonheur que je viens lui rendre visite…
Je respire à pleins poumons ces odeurs âcres et sucrées qui ravissent mes narines !
Mes oreilles ne sont pas en reste, remplies de tous ces bruits qui jaillissent de cet endroit magique !
Je ne crois pas si bien dire, car je vais faire ce jour là une très grande découverte !...
Dans la cuisine, Joséphine prépare le petit déjeuner : café noir, de grosses tartines de pain grillé, fabriqué par ses soins chaque dimanche, du bon beurre, qu'elle prépare avec la bonne crème du lait de ses vaches, et des confitures de son verger…
Il n'y a qu'ici où je retrouve toutes ces saveurs, ces vérités simples.

Ici pas de lait en brique pas de céréales sans goût, que des bonnes choses de sa terre et de ses animaux !
Après avoir englouti avec délice ce copieux petit déjeuner, Joséphine me dit vouloir retourner au poulailler afin d'aller chercher un dernier œuf qu'une poule était sur le point de pondre, quand nous sommes passées tout à l'heure !
Quelques minutes s'écoulent et je la vois réapparaître dans la cuisine !
La porte grande ouverte, elle me tend un œuf de la main droite, tout en tenant fermement de l'autre main, une poule, qui, la tête en bas, attend son sort...
Joséphine me dit alors !
"Regarde cet œuf comme il est curieux ! Je crois que cette poule est malade, je vais la passer à la casserole !"
C'est alors que mes yeux se portent sur l'œuf en question...

Quelle curiosité ! Un œuf de toutes les couleurs, aussi joliment décoré que les œufs de Pâques que l'on dépose dans le jardin !
Quelle merveille ! Un arc-en-ciel tout chaud !
J'interroge Joséphine du regard, pensant à une farce de sa part.
"Non !" me dit-elle.
"Je n'y suis pour rien, je ne comprends pas ce que cette poule a bien pu fabriquer !"
Désappointée, je m'apprête à laisser Joséphine à sa journée et tout en l'embrassant, elle me glisse un sac en papier dans une poche...
Quelques friandises de sa part, je me pense...
Le soir, arrivée chez mes parents, je dépose le sac en papier sur la table de nuit et fourbue de cette journée particulièrement bien remplie

je me glisse dans mon lit douillet fermant les yeux, je repense à tous ces bons moments passés avec Joséphine et puis, cet œuf...
Le lendemain, une toute autre journée se prépare, je retrouve mes amis du lycée qui vont me faire oublier l'œuf en question...
Les jours passent et puis un dimanche matin, tout en m'éveillant, mon regard est attiré par un sac en papier qui bouge !
Le fameux sac de Joséphine que j'avais oublié.
La curiosité l'emporte sur mon étonnement, j'entrouvre le sac...
Ma bouche reste ouverte de stupéfaction, car je découvre un poussin !
Un vrai, tout jaune, baillant d'appétit, en plus il a tout l'air de me prendre pour sa mère.

La coquille restante autour de rejeton me fait immédiatement penser à ce fameux dimanche matin chez Joséphine ! Les éclats de la coquille sont tout coloriés, cela est incroyable !

Mais je ne suis pas au bout de mes surprises, et vous non plus.
Je prends délicatement ce poussin dans le creux de ma main, et là, j'observe ce petit être bien curieux.
Il est tout jaune, avec un bec blanc long et fin, un duvet très doux le recouvre entièrement, avec dans son dos, deux petits ailerons blancs, un ventre bien rond, une queue frétillante, et ça alors ! Des pattes de kangourou !!!
Je n'en crois pas mes yeux, je les frotte très fort, mais quand je les rouvre, l'animal est toujours là! Toute tremblante, je décide sur le champ d'aller voir Joséphine...
J'installe mon protégé dans un panier garni de paille, sur le porte bagage avant de mon vélo. Il a l'air bien, car il ferme les yeux de contentement. Moi, je ne le quitte pas de l'œil, tout en évitant les trous du chemin...

Arrivée chez Joséphine, je lui montre sans tarder “la chose” tout en lui expliquant comment tout est arrivé...
Et là ! elle me répond :
“C'est étrange, car tu vois, je n'ai pas pu me résigner à passer cette poule à la casserole ! Tu sais, celle qui a pondu cet œuf !”
Et elle tend son doigt dans la direction de la poule en question !
Je n'avais pas remarqué qu'elle avait un si joli plumage...
Des couleurs sorties d'une palette de peinture, et puis en plus elle n'a qu'une seule patte !
Décidément je suis dans une histoire de fou, ou dans un rêve, je vais me réveiller... Mais Joséphine est là pour me rappeler que je ne rêve pas.
Cette dernière ne peut sans doute pas m’éclairer plus sur cette énigme, aussi je décide de partir en prenant bien soin

d'emporter le panier et surtout le poussin ! Je vais pour appuyer sur les pèdales, et là, j'entends une petite voix qui me dit :
"C'est moi qui t'ai choisie ! Tu es mon amie à présent, nous ferons de grandes découvertes ensemble !"
C'en est trop ! Je deviens folle !

J'arrête mon regard sur le panier et dit, d'une voix timide : "Qui parle ? "
"Et bien, c'est moi" dit le poussin
"Mais ce n'est pas possible un poussin ne parle pas !"
"C'est que je ne suis pas un poussin comme tous les autres, tu as dû t'en apercevoir !"
"D'accord, tu as des pattes de kangourou, cela aurait pu être une erreur de la nature, mais de là à parler !!! D'où sors-tu, dis-moi ?"
"Je te le raconterai bientôt... mais avant j'ai très faim !"
Et que manges tu si petit ?" lui dis-je, en le prenant dans ma main.
"Si tu as de bons légumes frais, je suis preneur, écoute mon estomac comme il crie famine !"
"Ne bouge pas, je vais dans le jardin de Joséphine te trouver ce qu'il te faut."
Je reviens les bras chargés de carottes,

radis, salades, choux ; il engloutit alors une quantité incroyable de légumes, toute une heure durant... Tant et si bien qu'il me dépasse en taille !
Cela tourne au cauchemar ! Je n'en peux plus ! Je m'effondre en larmes, désespérée devant tant d'événements insensés !
Il me tapote alors sur l'épaule et me dit : Ne pleure pas, tu vas voir, ta vie va bien changer, fais-moi confiance, je m'appelle KIEPP, et j'ai de grands pouvoirs... mais avant de partir à l'aventure, j'ai bien soif !"
"Ah ! Oui, et que veux-tu boire ?" je lui demande, méfiante !
J'avais raison de me méfier, car il répond : "De l'eau, beaucoup d'eau, mais de l'eau salée !"
"Cela tombe bien" lui dis-je sans paraître étonnée. Nous sommes tout à côté de la mer, viens, suis-moi."

Et là, au bord de la plage, je le vois s'avancer dans l'eau de plus en plus, en étirant son cou et son long bec dans l'eau, et il boit ! Il boit !
Lorsqu'il revient vers moi, il n'est pas plus grand qu'un petit chien !
De mieux en mieux !
Enfin, je me contente de penser que cela sera plus pratique pour voyager...
Car l'aventure avec KIEPP ne fait que commencer !...

KIEPP ET LES TAUREAUX

En effet, je ne suis pas au bout de mes surprises avec KIEPP !
Quel drôle de petit personnage !
Il est très attachant et surtout, il connaît tellement de choses...
Vous vous souvenez de sa naissance, et comment il me dit m'avoir choisie pour amie ?
Et bien, à ce moment précis, j'étais morte de trouille !
Mais, oui, je n'ai pas honte à le dire, vous n'auriez pas eu peur vous, à ma place ?
Ce dont j'avais le plus peur, c'était que mes amis, ma famille me découvrent en sa compagnie.
Imaginez une seconde, cela aurait fait la Une des journaux !
Heureusement, rien de tout cela n'est arrivé.
Et puis, KIEPP m'a tout à fait rassurée en m'expliquant :

"Tu ne dois pas avoir peur Rebecca, car toi seule peut me voir et m'entendre, Joséphine est la seule à rester dans ce secret" ! Ouf ! Quel soulagement !
Je peux ainsi me promener avec lui, sans que personne ne le remarque, ni ne l'entende.
Il y a quand même un inconvénient, je dois veiller à ne pas parler à voix haute avec lui, on pourrait croire alors, que je parle toute seule !...
Aussi, depuis, je passe pour une petite fille un peu bizarre !
En vérité tout cela m'importe peu, car je suis si contente d'avoir rencontré un ami tel que KIEPP !
Il me raconte qu'il vient du monde invisible, qu'il connaît un endroit que l'on appelle Célesta, très loin de notre planète Terre...
"Célesta est un lieu situé tout en bas d'une haute montagne invisible à l'œil.

Des êtres vivent là en parfaite harmonie, un peu comme des terriens vivant à la campagne. Une partie de ma mission consiste à aider ces êtres !"

"Mais comment sont-ils faits physiquement ?"

"Les habitants de Célesta peuvent prendre l'apparence qui leur convient un peu comme moi ! Tu sais, la poule multicolore à une patte, celle qui m'a permis de naître ?"

"Oui, et bien ?"

"Et bien, c'est un être qui vient de Célesta, et elle a pour mission de faire renaître, sur la terre ou d'autres planètes, des êtres qui ont un rôle à jouer, une mission à accomplir ..."
"Tu fais bien de me prévenir, car je dois dire à Joséphine qu'elle ne la passe pas à la casserole !"
"Pourquoi ne dit tu pas la vérité à Joséphine, ainsi elle gardera Bertha avec elle à la ferme !"
"Ah bon ! Parce qu'elle s'appelle Bertha ?"
Dés le lendemain matin, je me rends chez Joséphine, tout en lui racontant mon histoire, elle accepte volontiers de laisser la vie sauve à Bertha...
Merveilleux ! Bertha est saine et sauve !
Je me presse de rentrer à la maison pour retrouver Kiepp, impatiente d'en savoir plus sur la vie des habitants de Célesta, du monde invisible et de la mission de Kiepp...

Car, que venait-il faire exactement sur terre ?
J'arrive chez moi, essoufflée, et là, à mon grand désespoir, je le cherche partout, je l'appelle : Kiepp ! Kiepp !
Personne, aucune réponse, je suis très inquiète. Je me laisse tomber lourdement dans un fauteuil, j'ai bien du mal à retenir de grosses larmes, puis je me mets à penser très fort à lui...
Je pense si fort à Kiepp, qu'au bout de quelques minutes, je sens comme une caresse sur ma joue !
"Ah ! C'est toi ! Mais où étais-tu ?
Je me suis inquiétée !" lui dis-je, tout en essuyant mes joues d'un revers de la main.
Kiepp plisse ses petits yeux ronds en signe d'amitié et m'explique: je n'ai pas voulu te faire de la peine, je voulais simplement t'apprendre une autre façon de me joindre quand je ne suis pas là"

"Je ne comprends pas ! Explique-moi."
"Mais si, tu vois il suffira dorénavant que tu penses très fort à moi pour que j'apparaisse !"
"Fabuleux ! Quel extraordinaire pouvoir tu as ! Mais comment fais-tu ?"
"Tu sais, pour nous c'est un exercice très simple, nous sommes habitués à voyager ainsi dans l'espace..."
"Tu crois qu'un jour, je pourrais faire comme toi ?"
"Oh oui ! J'en suis sûr ! Tu verras, il suffit de faire des exercices, des expériences, d'avoir confiance en toi, mais je te le dirai en temps voulu !"
A la fois rassurée, mais aussi très intriguée, j'éprouve à ce moment là une grande fierté d'avoir rencontré Kiepp ! Les jours s'écoulent doucement entre Kiepp et moi, nos confidences, nos exercices de pensée, mes études, ma famille et Joséphine,

vers qui je reviens souvent.
Kiepp, un jour me confie :
"Tu peux imaginer que Célesta est un petit village, plutôt tranquille, un lieu de repos.

Une partie de ma mission consiste à aider ses habitants et à les protéger contre des êtres qui vivent sur un plan différent dans un endroit appelé "Déprima".
"Ces êtres sont si tristes qu'ils risquent de perturber l'équilibre des habitants de Célesta"
"Et que peux-tu faire pour eux ?"
"Je pense avoir trouvé la solution, mais pour cela j'ai besoin de ton aide !"
"De mon aide ! Mais comment puis-je t'aider ?"
J'ai bien du mal à lui cacher ma joie et mon impatience...
"Voilà ! J'ai pensé aux taureaux qui, par tradition combattent dans les arènes !"
"Attends ! En quoi les taureaux peuvent-ils t'aider ?"
"Tu comprends, ce sont des animaux de combat, braves, qui ne reculent pas devant l'ennemi.

Ils pourraient permettre de garder un équilibre de vie et une force complémentaire. Et puis, en échange de leur travail, ils seront respectés, choyés et pourront brouter l'herbe grasse de beaux pâturages, tout en cherchant à évoluer."

"Oui, mais si je comprends bien, tu leur demandes encore de se battre, alors qu'ils auront déjà bien combattus sur terre."

"Vois-tu, les habitants de Déprima n'oseront jamais affronter Célesta, car un peu comme les gens des villes , ils auront peur face à des animaux aussi imposants que les taureaux, les taureaux, qui, je te le rappelle, savent se défendre et dans leur orgueil peuvent aller jusqu'à la mort...

Ainsi, il n'existera pas de conflits réels entre Célesta et Déprima !"

"Bravo ! Kiepp, tu es très malin, mais, je te le répète, comment puis-je t'aider ?"

"Il faut que tu m'informes de toutes les corridas qui se déroulent en France, afin de convaincre les taureaux d'aller vivre sur Célesta."

"Tu devrais faire attention ! Car ce sont des animaux sauvages et dangereux !"

"Ne crains rien ma petite Rebecca, je prends contact avec eux par la pensée et leur nom me suffit amplement."

"Ah bon ! Si c'est comme ça, je crois bien pouvoir t'aider...

Mais avant, j'aimerais bien que tu m'expliques, comment ces animaux morts pourront rejoindre ta planète ? Tu fais de la magie ?"

"C'est vrai, tu ne peux pas comprendre, et je te dois une explication... Imagine que le corps de ce taureau est en réalité une cage, et qu'à l'intérieur de cette cage, il y ait un oiseau."

"Oui, je te suis, et alors ?"

"Et bien il se trouve que lorsque cette cage est accidentée, malmenée, trop vieille, elle meurt et laisse alors s'envoler l'oiseau qui était prisonnier."

"Comment s'appelle-t-il ?"

"L'Oiseau-Esprit."

"Et où va-t-il ?"

"Il peut voyager là où il veut, en toute liberté, parfois il choisit de rester proche de sa famille et de ses amis sur cette terre, mais parfois il préfère s'envoler vers des lieux merveilleux, en fonction de son évolution !
Alors, il peut parcourir de grandes distances, aussi vite que la pensée, chaque être vivant possède ce bel oiseau au plumage différemment coloré.
Cette cage ne fait prisonnier l'Oiseau-Esprit que pour un temps donné, plus ou moins long, mais toujours pour permettre d'apprendre une quantité de choses."
"Tout ce que tu me dis est merveilleux, et je comprends mieux maintenant pourquoi notre corps doit mourir un jour, cela me rassure puisqu'en fait on ne meurt pas vraiment...
Ce n'est qu'une apparence physique

puisque notre bel oiseau invisible aux yeux des autres, lui, va continuer et prolonger sa vie."
"C'est effectivement ça Rebecca, je savais que tu comprendrais vite !
Cela veut bien dire que le corps lui, est visible par tous, mais pas l'oiseau, car lui, vit sans apparence, un peu comme le vent : il est froid ou chaud, mais il reste invisible à nos yeux, et pourtant il existe..."
"Mais, dis-moi, que va faire notre oiseau après avoir retrouvé sa liberté ? "Je te l'ai dit, il peut aller où bon lui semble, mais suivre malgré tout la règle."
"Ah oui ! Et laquelle ?"
"Continuer à escalader la montagne, toujours aller plus haut..."
"Quelle montagne Kiepp ! dis-moi ?"
"On l'appelle la "Montagne aux sept couleurs"... là, vois-tu tous les Oiseaux-Esprits reviennent chaque fois qu'ils sont

libres, et avec beaucoup d'efforts, un jour arrivent au sommet, là où se tient la neige éternelle !"
"Que c'est beau Kiepp ! Mais je n'ai aucun souvenir de tout cela !"
"C'est normal, aussi si tu en as envie, je te ferai franchir le miroir invisible, la prochaine fois, mais avant, nous devons terminer notre mission avec les taureaux..."
Je suis impatiente de réaliser avec Kiepp cette nouvelle aventure, aussi je m'active à lui trouver de nombreux noms de taureaux.
Je n'ai aucun mal, car l'été dans le sud de la France, il y a beaucoup de corridas, et dans les journaux j'ai tous les renseignements que Kiepp me demande...
Tous les taureaux ont accepté de vivre sur Célesta, contents d'une liberté qu'ils ont bien méritée...

Je pense souvent à eux, et je les imagine broutant l'herbe grasse dans des pâturages...

J'ai su, plus tard par Kiepp, que Célesta et Déprima font partie du bas de la montagne aux sept couleurs, qui accueillent les Oiseaux-Esprits d'animaux et d'êtres humains peu évolués.

KIEPP ET LE TEMPS QUI PASSE

Joséphine est toujours présente dans ma vie, c'est ma seule confidente, je vous le rappelle, elle seule, connaît l'existence de KIEPP. Je n'en ai jamais parler à mon père ou à mes amis qui ne m'auraient sans doute pas compris...
Avec elle, je me sens bien, sa sagesse, son œil encore pétillant de vigueur et de jeunesse me tranquillisent.
Je viens de passer cette journée à aider Joséphine à la ferme, elle m'avait dit la veille :
"Si tu venais me donner un coup de main, je commence à bien fatiguer, tu sais !"
C'est alors que je comprends que la jeunesse passe vite, et que le temps nous laisse rides et douleurs !
Mes interrogations ont dû être si fortes que KIEPP arrive à la minute même.
Il apparaît au coin de la cheminée, tel un lutin rieur !

"Et bien ! en voilà de tristes pensées, comment peux-tu peindre en noir, la vieillesse !"
"Excuse-moi !" dit Rebecca "mais rien ne me paraît plus noir que de vieillir !"
"Allons, allons ! réfléchis un peu ; la vieillesse n'est pas toujours égale à la tristesse, je vais te donner un exemple"
Et là, KIEPP, se met à me raconter une très belle histoire :
"Un gland vient de tomber sur une terre bien tendre qui amortit sa chute.
Une terre noble et riche, aussi, très vite, quelques minuscules racines vont le sceller à ce coin de terre, c'est une terre grasse et généreuse, car elle va très vite transformer ce gland en un chêne qui grandira et prendra de la force...
Il apprendra à jouer avec le vent et luttera de toutes ses forces pour garder son équilibre face à la tempête qui parfois fait rage.

Il devra patiemment apprendre la vie, les joies et les douleurs et finira par s'épanouir.
Ces racines profondes feront de lui un arbre solide et respecté...
Patience, luttes, joies, souffrances sont autant de bagages pour ce chêne qui n'a qu'un seul but, depuis le début de sa vie : atteindre la lumière !
Tu vois que ce n'est pas si triste !"
"C'est vrai, je le reconnais, mais tous les chênes n'ont pas sa chance, je me souviens du chêne et du roseau de Jean de la Fontaine !
Parfois ils périssent, piétinés, arrachés, ou coupés à la fleur de l'âge !"
"Tu as raison," me dit KIEPP, "et là, c'est une tout autre histoire : on va l'appeler le Destin."
"Ah! bien, parlons-en ! j'entends toujours autour de moi les gens dire : "c'était son destin" qui est-il vraiment ?"

"On peut dire que c'est le roi du déguisement ! tantôt mendiant, tantôt prince, il peut ainsi se transformer à sa guise tout au long de notre vie...
Il ne se pliera pas à nos exigences et n'en fera qu'à sa tête ! On peut parfois le confondre avec le choix, mais il n'en est rien !
Il nous tient la main dans chacune de nos vies, il ne faut jamais le forcer, mais accepter et lui faire confiance !
Le chemin qu'il nous fera emprunter sera toujours une découverte, un enrichissement."
"Mais alors, KIEPP, quelle est la différence entre le Destin et le Hasard ?"
"Ta question est intéressante Rebecca, voilà ma réponse : le Hasard, on le rencontre au détour d'un chemin, il prend souvent le visage d'un inconnu ou d'un ami, d'une circonstance ou d'une situation, mais chaque fois qu'il

passe il nous surprend, nous étonne ! Il nous oblige à changer de route et prend parfois des airs de "Destin".
Il peut nous tromper et nous faire croire n'importe quoi pour tester notre droiture !
S'il décide d'être l'occasion, c'est pour nous faire aller encore plus loin, nous dépasser...
Il peut aussi nous aider à éviter bien des erreurs, mais aussi nous en faire rencontrer...
Il faut savoir alors ne pas expliquer son existence mais reconnaître tout simplement qu'il existe bien !
Ce Hasard, ne serait-il pas Dieu ?"
"Mais qui est Dieu, KIEPP ?"
"Je t'en reparlerai en temps voulu ! pour l'heure, as-tu bien compris ma leçon ?"
"Il me semble ! Je comprends d'après ce que tu m'expliques qu'il faut, tout au long de sa vie, se préparer au pire et

se donner la force, face au Destin et au Hasard, d'atteindre la lumière, comme le chêne !
"C'est très bien résumé, je suis fier de toi !"
"Tu sais j'ai encore plein de questions à te poser, je suis gourmande d'en savoir plus !"
"Je sais bien, mais accepte de ne pas aller trop vite. L'Oiseau-Esprit qui est en toi, lui, connaît déjà de grandes choses et ton parcours sera facilité par tout ce que je vais te révéler et te remettre en mémoire !"
"Tiens ! en parlant de mémoire, peux-tu m'expliquer pourquoi la mémoire a tendance à disparaître avec l'approche de la vieillesse ?"
"Nous sommes là devant une explication physique, le corps vieillit, par conséquent le cerveau aussi ; c'est donc un phénomène directement lié au vieillissement !

Par contre, je peux te dire que l'Oiseau-Esprit qui vit dans ta cage, lui, a une excellente mémoire, il se souvient de chaque détail, de toutes tes vies antérieures ! Mais, là aussi, c'est une autre histoire je préfère te l'expliquer plus tard."
"Je trouve cela injuste !" réplique Rebecca, en faisant la moue; "tu me mets l'eau à la bouche et puis tu me laisses là dans le vide !"
"Mais, non ! tu n'as pas de raison de protester, ton mauvais caractère reprend le dessus !" me dit KIEPP en riant.
Je rougis de honte, "tu as raison, je ne me conduis pas bien et mon impatience me fait mal te considérer ! Pardonne moi KIEPP !"
"Je te pardonne, me dit il, car je crois que tu commences à comprendre la chance que tu as. N'est ce pas ?"

"Oui ! c'est vrai, je n'ai pas le droit de me plaindre, je suis réellement privilégiée ! merci KIEPP !"
"Allez, je te promets, si tu sais apprendre la patience, de te faire voyager dans le monde invisible et ainsi franchir le miroir !"
"je t'attendrais sagement, promis, à bientôt KIEPP !"

KIEPP ET LE MIROIR

Je dois vivre aujourd'hui une aventure exceptionnelle avec mon ami Kiepp, aussi je n'ai pas peur, puisqu'il est toujours près de moi.
Je pense en effet qu'il ne peut rien m'arriver de fâcheux !
Kiepp me donne rendez-vous en ce premier jour de printemps dans une clairière, au cœur de la forêt...
Je me laisse guider, confiante ; en ouvrant mes yeux devant les premiers papillons, les fleurs à peine écloses, devant ces odeurs qui m'enivrent et mes oreilles ouvertes au concert de la vie qui s'éveille...
Le printemps a toujours été ma saison préférée.
J'ai chaque fois l'impression que tout recommence, et cette force est tellement grande qu'elle m'entraîne les yeux fermés dans un tourbillon de bien être...

Kiepp est là, dans la clairière, comme figé au milieu d'un grand manège, accroché à un rayon de soleil...

"Bonjour, Kiepp !" lui dis-je, "heureuse de te revoir !"
Il me sourit en guise de bonjour et me dit :
"Comme tu es radieuse, le printemps te réussit !"
"C'est vrai Kiepp, tu me connais bien, et parfois j'ai l'impression de t'avoir toujours connu !"
"Cela fait effectivement très longtemps que l'on se connaît... Aussi je suis sûr que tu es prête à franchir le miroir dont je t'ai parlé l'autre jour..."
"C'est pour cela que tu m'as donné rendez-vous ici ? Je commence à comprendre !"
"Voilà" ! me dit-il "si je te donne rendez-vous en ces lieux, c'est pour être tranquille, cette expérience exige une grande paix autour de soi, cet endroit me paraît paisible et en harmonie avec toi !"

Je souris à mon tour.
Décidément, il me connaît bien !
"Alors, je t'écoute Kiepp !" dit Rebecca impatiente.
"Tu vas faire mieux que m'écouter, tu vas mettre en pratique ce que je vais te dire...
Tout d'abord, il faut que tu saches que le miroir en question est un miroir invisible sur terre, et que pour le traverser, tu devras faire l'effort de libérer un instant l'oiseau qui est en toi, tu te souviens ?"
"Oui, je me souviens des taureaux, mais cela signifie que je dois mourir ?"
"Non, rassure-toi, il est aussi possible de libérer cet oiseau de sa cage sans qu'il soit nécessaire de mourir, il sera attaché par une fine cordelette, qu'on appelle aussi "Corde d'Argent" de par sa brillance et son éclat argenté."
"Tu es sûr que je ne risque rien ?"

"Tu n'as rien à craindre, tant que je suis à tes cotés, je te protège, et tu le sais au fond de toi... Allez maintenant, je t'explique : allonge-toi sur la mousse et laisse toi aller..."
Au bout de quelques minutes, mon corps devient lourd et j'ai cette impression incroyable de m'enfoncer sous terre... J'entends pourtant très bien la voix de Kiepp qui me rassure, et là, qu'elle ne fut pas ma surprise de me regarder, allongée dans la mousse, mon corps détendu et calme...
Je sens la douceur de Kiepp tout prés de moi, il m'enveloppe, je suis alors légère comme un oiseau...
"Mais oui ! Comme un oiseau" me murmure-t-il.
"C'est pourquoi tu es si légère..."
"Mais c'est merveilleux Kiepp, comment puis-je faire ça ?"
Il suffit d'avoir confiance, et puis tu es

une élève très douée...
Maintenant nous allons passer de l'autre coté du miroir... n'aies pas peur et suis-moi..."
Il m'entraîne alors derrière son sillage et je pénètre une forme de brouillard léger, et comme aspirée par un souffle chaud et doux, j'entrevois des lueurs colorées, tel un tunnel aux couleurs douces et fondues de l'arc-en-ciel.
Tout est tellement extraordinaire que je ne pense pas un seul instant à me retourner.
L'air me paraît différent, et je n'ai aucun mal à avancer de plus en plus vite, sans connaître le vertige ou la peur...
"Kiepp ! Es-tu là ?"
"Mais oui, bien sûr je t'ai dit que je ne te quittais pas."
"Dis-moi, comment est-ce possible ?"
"Tu as franchi le miroir Rebecca, regarde en bas..."

Et là, de mes yeux agrandis, comme accrochée dans l'espace, j'aperçois mon corps au repos sur la mousse, la grande cordelette brillante nous rattachant l'un à l'autre...
Kiepp me dit alors : "Fais un effort et tu verras aussi d'autres choses..."

Je cherche du regard plus à droite, et là, je vois mes amis, ma famille, ils travaillent ou se reposent, s'activent à des taches diverses...
Je me retourne encore et je vois tout prés de moi, mon grand-père, assis dans son fauteuil, pas surpris de me voir, il me sourit puis très vite, cette vision s'efface pour laisser place à un bel oiseau bleu...
"Kiepp, mais mon grand-père est mort il y a longtemps !"
"Oui, je sais, mais souviens-toi qu'il n'y a que le corps physique qui meurt, l'oiseau, lui, reste en vie et peut ainsi à sa guise prendre l'apparence qu'il désire...
Ton grand-père a franchi depuis quelques années le miroir, et il te fait signe qu'il est toujours là !"
Quelle merveille ! Je ne pensais jamais faire un tel voyage, je m'en souviendrais

"Demain, tu t'en souviendras comme d'un rêve, et pourtant tu ne l'auras pas rêvé ! C'est souvent comme ça !"
Kiepp me dit alors qu'il faut penser à revenir dans mon corps et pour cela, je m'accroche à ses pattes de Kangourou...
Je m'éveille tout en m'étirant comme un chat, la mousse est douce, je me frotte les yeux, je repense à tout ce que j'ai vu, et je sais que je n'ai pas rêvé.
Kiepp est reparti, mais il m'a promis de recommencer avec moi un autre voyage...
La montagne aux sept couleurs...

KIEPP ET LA MONTAGNE AUX SEPT COULEURS

Ma vie a pris un tout autre sens depuis mon voyage au travers du miroir, et je suis sûre que vous aussi vous êtes impatients que je retrouve Kiepp...
L'amour que je lui porte grandit chaque jour un peu plus et même quand il n'apparaît pas à mes yeux, je sens sa présence et son amour pour moi...
J'ai appris au fil des jours à appeler Kiepp par la pensée, comme il me l'a enseigné et cela marche à chaque fois...
Ce jour là, bien confortablement assise dans mon fauteuil, je l'appelle car j'étais restée sur sa promesse, je parle de la montagne aux sept couleurs...
Je tenais à en savoir plus, tout comme vous j'en suis sûre... !
Kiepp ne se fait pas prier pour venir me rejoindre et de son air rieur me dit :
"Tu as besoin de moi petite Rebecca ? Que puis-je faire pour toi ?"
"S'il te plaît Kiepp, pourrais tu m'expliquer

plus en détails ce qu'est cette montagne aux sept couleurs ?"
"Bien sûr, tu es mon amie, mon rôle consiste aussi à répondre à tes questions, à te faire découvrir et à t'enseigner ce monde invisible...
Voilà, cette montagne est gigantesque et très colorée, les Oiseaux-Esprits sont tous appelés à la monter un jour, et selon leur capacité et leur forces, ils arriveront à grimper jusqu'au sommet. Un seul sentier existe, il est long et difficile, mais tu peux te reposer sur des paliers, au total il y en sept."
"Je devrais traverser le miroir comme l'autre jour pour y parvenir ?"
"Oui, tu devras prendre le même chemin, mais si tu es prête nous irons beaucoup plus loin !"
"Si je suis prête ! Je meurs d'impatience tu veux dire !"
"Alors, allons-y !"

Sans aucune difficulté, je franchis le miroir invisible, je traverse un grand et long tunnel et là, je me trouve dans un premier temps face à une grande ville entièrement rouge, rappelant la colère et la souffrance, aussi Kiepp m'entraîne très vite dans son sillage et j'arrive alors dans une grande vallée, des champs à perte de vue, des forêts, un village et beaucoup d'oiseaux, mais tout est rouge plus clair.
Alors Kiepp, que j'avais presque oublié, m'explique :
"Tu es tout en bas de la montagne dont je t'ai parlé, tu vois ce petit sentier rempli de petits cailloux, et bien c'est celui que doivent emprunter les oiseaux rouges que tu vois vivre ici !"
"Je ne comprends pas pourquoi."
"Tout simplement ces oiseaux ne sont qu'au premier étage de la montagne et au total il y en a sept, chaque étape

comporte trois degrés différents que tu peux traduire de la couleur la plus foncée en passant par la couleur moyenne jusqu'à la plus claire. Tu peux ainsi facilement placer Déprima dans le rouge foncé et Célesta dans le rouge clair...

Mais n'aie crainte, comme toi, tu n'es pas seule dans cet endroit, puisque je suis avec toi, eux non plus ne sont pas seuls.

Si tu observes bien, tu peux voir qu'ils sont tous accompagnés par un oiseau blanc soit individuellement, soit par groupe d'oiseaux rouges selon leur évolution."

"C'est vrai, je ne l'avais pas remarqué, mais qui sont-ils ?"

"Nous les appelons les Oiseaux-Guides et l'éclat de leur plumage tout blanc, n'est là que pour rappeler à tous qu'ils ont réussi à franchir les sept couleurs

de la montagne, et qu'ils ont atteint la connaissance !
Oui, en effet, ils sont arrivés au sommet de la montagne, là où se tient la neige éternelle !
Ils sont donc aptes à aider et à soutenir ceux qui sont tout en bas et sur les autres étages de la montagne..."
"Tout ça doit être bien dur à franchir !"
"C'est vrai, mais quand tu as réussi une couleur, tu ne la recommences plus

et tu peux ainsi passer à la couleur suivante :
Viens voir..."
C'est alors que d'un bond je me retrouve dans un paysage tout orange, variant du orange foncé au plus clair, c'est une merveille, Kiepp me dit alors :
"Tu vois comme tous les oiseaux ont le plumage orange et toujours les oiseaux blancs à leur côté..."
"Mais après l'étage orange ?"
"Et bien, tu as le jaune, le vert, le bleu ciel, le bleu indigo et enfin le violet ! Tu as droit si tu le désires d'aller jusqu'au vert, car c'est la couleur de ton Oiseau-Esprit actuellement."
"Ah bon, je ne savais pas."
"La couleur verte représente surtout l'amour qui est en toi, celui que tu portes autour de toi, et l'oiseau qui se trouve à cet étage a déjà parcouru de dures étapes.

Beaucoup de questions dépassent ma pensée et Kiepp éclate de rire, il me dit avec toujours autant de douceur :
"La connaissance ne s'apprend pas en un jour Rebecca et tu dois savoir qu'une seule année à l'école ne fait pas de toi une savante !"
"Oui, c'est vrai, tu as bien raison, et à bien réfléchir parfois on est bien obligé de redoubler une classe pour mieux comprendre !"
"C'est exact, aussi pour atteindre le sommet de la montagne aux sept couleurs, il te faudra passer par des moments difficiles et parfois tu auras envie de baisser les bras !
C'est pourquoi nous avons tous notre Oiseau-Guide pour nous soutenir et nous faire avancer, même dans les pires découragements."
"Pourquoi m'as-tu choisie Kiepp !"
"Je suis à tes côtés pour te révéler le

monde invisible et surtout tu dois comprendre que tu as, toi, pour mission de transmettre aux enfants tous tes voyages et ce que tu découvres au fur et à mesure de ton cheminement...
Cela, pour qu'ils puissent à leur tour en parler plus tard à leurs enfants, et leur faire gagner du temps, ainsi ils pourront rejoindre plus vite les neiges éternelles. Ils revêtiront alors, un beau plumage blanc et n'auront plus besoin d'être prisonniers d'une cage...
Dans la pureté de leur plumage, ils sauront alors être à leur tour "Oiseau-Guide".
"Alors, si j'ai bien compris Célesta se trouve au bas de la montagne, dans le paysage de campagne rouge clair et Déprima se trouve également au bas de la montagne, visible comme une grande ville, des immeubles et dans une concentration et une coloration de rouge vif ?"

"C'est exact, tu as bien compris et j'ajoute que Déprima va réunir des Oiseaux-Esprits d'hommes, d'animaux plus tristes, plus sombres, plus perdus que les Oiseaux-Esprits résidents à Célesta qui eux, seront un peu plus calmes, plus clairs...
Dans les deux cas, ces Oiseaux-Esprits sont là pour apprendre, grandir, évoluer et gravir au fur et à mesure les autres couleurs de la montagne..."
Mais toi, qui es-tu ?" demande Rebecca.
"J'attendais ta question, je suis ton Oiseau-Guide, j'ai pour mission de veiller sur toi, de guider tes pas, et puis j'ai d'autres missions dont je te parlerai un jour !"
L'apparence que j'ai prise pour venir te voir n'est qu'une apparence et si je l'ai choisi curieuse, c'est pour mieux attirer ton attention, sinon tu ne m'aurais sans doute ni écouté, ni regardé !"

"Tu es mon Oiseau-Guide, mais alors, je comprends mieux la force, la paix que tu m'apportes et puis tout ce que tu sais de moi !"
"Tu as compris mon enseignement d'aujourd'hui, je pourrais ainsi continuer à t'apprendre d'autres vérités du monde invisible..."
"Kiepp ! S'il te plaît, ne me laisse pas encore !"
"Tu sais bien" me dit Kiepp "que je ne t'abandonne jamais, même dans l'invisible, je suis prés de toi, tout comme ta mère et ton grand-père, leur Oiseau-Esprit s'est envolé, ils sont partis franchir les couleurs de la montagne, mais ils sont toujours avec toi, quand tu penses à eux !"
Tu crois que je les reverrais un jour ?"
"Bien sûr, tout comme ton grand-père s'est manifesté à toi, d'autres le pourront aussi, leur plumage n'est probablement

pas dans la même couleur que le tien, mais qu'importe !
Vous vous reverrez quand ton oiseau aura décidé de reprendre sa liberté."
"Merci Kiepp ! Je vais pouvoir retrouver mon corps à présent...
Cela me réconforte et me rassure, l'invisible est visible pour tous un jour, et je suis sûre aussi que nos amis sont rassurés !
A bientôt Kiepp !...

KIEPP ET LE MUR

L'escalade, voilà ce que je dois apprendre aujourd'hui avec Kiepp.
Cela fait déjà bien longtemps que je n'ai pas éprouvé le besoin de l'appeler.
En effet, depuis que Kiepp m'a fait voir les sept couleurs de la montagne, je me trouve une force en moi que l'on appelle la confiance.
Cette confiance que je n'ai pas comprise tout de suite mais qui me permet aujourd'hui de passer une épreuve.
On ne soupçonne jamais les épreuves, on pense toujours que c'est réservé aux autres...
A l'heure où je vous parle, je suis au fond de mon lit, la fièvre est là, je transpire, je suis mal, mais le pire, c'est que je me sens seule !
Très vite, je me sens la pensée guidée vers Kiepp et je l'appelle au secours.
Il est là, au bout du lit, avec un œil compatissant et aimant.

"Que désires-tu ?" me demande-il.
"Je n'ai plus de force, la fièvre m'envahit et je suis bien heureuse de te voir, il faut que tu m'aides, car je suis bien mal !"
"Je le sais et je sais aussi que tu es très capable de franchir ce mur !
Enfin, c'est une façon de parler, je te parle d'un mur, car tu as une épreuve à franchir.
C'est une épreuve physique puisque ton corps est épuisé.
Ce que tu as tendance à oublier, c'est que tu as une grande force en toi !"
"Ne joues pas aux devinettes, je t'en prie, je n'ai plus de forces !" supplie Rebecca
"Tes forces te lâchent parce que tu t'abandonnes à la douleur de ton corps.
Mais penses que tu as ton Oiseau-Esprit qui est en toi et en bonne santé !"
"Mais, je ne sais pas comment faire" !

"Alors, suis-moi, fais que ton Oiseau-Esprit regagne le monde invisible et tu oublieras ton corps douloureux."
C'est ainsi que Kiepp m'entraîne vers de nouvelles aventures, il me fait traverser le miroir, et m'amène dans un paysage tout vert qui m'est familier.
En effet, il me semble connaître tous les Oiseaux-Esprits présents, je communique avec eux sans difficulté. Je me sens chez moi, aimée et comprise de tous.
J'aperçois bien mon corps, là en-dessous rattaché à la corde d'argent, il est ensommeillé, au repos, et n'a pas l'air de souffrir.
Tout en continuant ma promenade, quelle ne fut pas ma surprise de rencontrer ma maman, elle m'apparaît comme quand j'étais plus petite, belle et jeune. Elle me dit être toujours à mon chevet, et que je guérirai bien vite.

"Mais, maman, toi aussi tu vis dans ce paysage tout vert ?"
"Oui, nous sommes en effet de la même couleur d'évolution, j'ai moi-même franchie de rudes épreuves.
Ce que je veux que tu saches, c'est que je ne me suis pas vraiment éloignée et que tu ne seras jamais seule...
Nous t'apprenons tous, avec Kiepp, à positionner tes pieds en sécurité, pour franchir chaque mur qui se présentera à toi dans ta vie.
Ne te précipite pas, garde confiance et persévérance, tout ira bien !"
Puis je vois ma maman disparaître dans son image terrestre, j'aperçois alors un bel oiseau vert s'éloigner à tire d'ailes !
Kiepp est toujours là à mes côtés, je me sens rassurée de le savoir là, je suis encore toute émue et comblée de joie d'avoir vu ma maman.
Kiepp me dit :

"Tu vois comme c'est facile d'oublier les douleurs de son corps, pense toujours que ton Oiseau-Esprit peut voyager tout en franchissant les différents murs !"

"Mais pour quelle raison devons-nous vivre des épreuves ?"
"Elles servent à rendre plus fort, plus riche d'expérience, la vie terrestre ne sert qu'à apprendre tout en rencontrant des difficultés. Si on te donnait tout à ta naissance : Argent, Amour, Beauté, Gloire, Intelligence et Culture, crois-tu que tu évoluerais ? Non, bien sûr ! Bien au contraire, tu t'enfoncerais dans la Paresse, l'Orgueil, le Pouvoir et peut-être serais-tu incapable d'aimer...
Il faut connaître la souffrance du corps, la souffrance morale et affective ; toutes ces formes de souffrances passées seront autant de murs franchis et l'horizon prendra alors une toute autre dimension.
As-tu pensé que plus tu montes haut et plus l'horizon se dégage et te laisse entrevoir de nouvelles possibilités pour faire mieux et plus grand ?

L'homme n'a pas la même vision de la terre selon s'il est assis sur une chaise dans sa maison ou debout sur une montagne ou même dans un avion.
Plus il s'élève, plus il comprend qu'il est petit et prend alors conscience de tout ce qui lui reste encore à apprendre.
N'oublie pas non plus que chaque fois que l'on te présente une épreuve dans ta vie, elle n'est jamais plus haute que ce que tu peux franchir, autrement dit, on ne te met jamais face à un mur infranchissable.
Allez Rebecca !
Maintenant, il est temps de regagner ton corps, la fièvre est tombée et dans quelques temps, tu retrouveras tes forces d'avant.
"Attends Kiepp !
Avant que tu ne reprennes le cours de ta vie, peux-tu m'expliquer les neiges éternelles ?"

"Une autre fois, si tu veux bien ; tu sais aujourd'hui ce que tu devais savoir, ne sois pas pressée, allez viens accroche-toi. Je t'aide à redescendre."
Je m'éveille doucement au fond de mon lit, la fièvre est passée et je me lève toute tremblante pour boire un bol de tisane bien chaude.
Kiepp avait raison, ce n'était pas si dur de franchir ce mur là !

KIEPP ET LES NEIGES ETERNELLES

Ne vous inquiétez pas, je vais beaucoup mieux, je suis en pleine forme maintenant... !
Depuis le début de ma rencontre avec Kiepp, je me sens très différente, je suis rassurée, je ne crains plus la "mort" puisque je sais qu'une vie continue après le passage du "miroir".
Que maman, grand-père et mes amis sont partis dans cet autre monde, ils sont près de nous et nous protégent, nous aiment...
Qu'importe l'apparence, ils continuent de vivre, et depuis que Kiepp m'a fait découvrir ce monde invisible, je ne suis plus la même.
Une paix, un calme règnent en moi, ma joie de vivre est si grande que personne de mon entourage ne peut l'ignorer.
Sauriez-vous être indifférent à cette découverte ? Toutes ces découvertes du monde invisible m'ont permis aussi d'être

plus proche de la terre et de tout ce qui vit à sa surface.
Je parle des hommes en général mais aussi des animaux, des insectes, des fleurs, des paysages, des couchers de soleil, tout me semble plus beau désormais, car je sais n'être que de passage.
Regardez un papillon, il ne doit vivre parfois que quelques heures, juste le temps pour lui de se reproduire, de laisser derrière lui ses enfants chenilles... Et la vie continue.
J'ai compris qu'il fallait vivre dans le respect de tout être vivant.
La nature qui nous entoure est fragile et précieuse, nous devons la protéger et surtout la respecter et l'aimer.
Cela fait bien longtemps que je n'ai pas parlé avec mon ami Kiepp, et pourtant je le sens, là, tout près, c'est davantage une sensation, mais je sais qu'il est là.

Il m'a promis la dernière fois qu'il est venu m'aider de me parler des neiges éternelles...
Aujourd'hui, c'est dimanche, et je n'ai envie de rien, je suis un peu triste car le temps pleure, enfin, je veux dire qu'il pleut. Blottie devant un bon feu de cheminée dont mon papa a le secret, je regarde les flammes danser en désordre, comme des lutins désobéissants.
Le feu m'a toujours fasciné, la joie et la chaleur refont vivre la maison et mon cœur triste...
Je sens une douceur sur mon épaule, un duvet, je me retourne lentement, c'est Kiepp !
Mon cœur explose et il me sourit, quel bonheur !
"Tu m'as manqué, je suis si heureuse que tu viennes plus près de moi !"
"Je sais bien, mais tu sais aussi que j'ai tant à faire sur Célesta et ailleurs !"

"Oh ! oui raconte moi, ton travail, tes amis, la vie à Célesta..."
"Allez ! si tu veux, maintenant je peux t'en parler, comme je te l'ai déjà dit, Célesta et Déprima sont des lieux dans le monde invisible où s'installent les animaux, comme une étape de repos, qui leur permet d'évoluer ; dans ce que je vais te décrire, et te faire voir, rien n'est comparable à l'univers.
"Dis-moi Kiepp !" dit Rebecca impatiente.
"Il faut que tu laisses de côté la terre, le soleil, la lune et les étoiles qui sont des planètes dans l'univers, d'accord !"
"Oui, oui ! d'accord !"
"Tu sais maintenant ce qu'est la montagne aux sept couleurs et tout en haut les neiges éternelles, que tu ne connais pas encore. Il règne la lumière, l'espace, l'éclat d'une blancheur immaculée qui ne peut être comparé à une planète.

"Tu veux dire que ce n'est pas comme sur terre !"
"Je cherche des mots justes pour ne pas te tromper, écoute moi bien :
Si tu montes au sommet d'une montagne, très haute, tu ne sauras plus aller plus haut, et tout autour de toi, le ciel, le vide, l'immensité, l'inaccessible ! Et bien quand tu as franchi le miroir, et monté une à une chaque couleur, après chaque vie, et que tu es en haut de la montagne, les neiges éternelles t'appellent, t'attirent, au point de ne pas résister à l'envie de pénétrer ce royaume si beau... "
"Mais comment peut-on faire ? s'interroge Rebecca.
"N'oublie pas que de l'autre côté du miroir, tu es léger comme un oiseau, et que tu peux aller et venir à ta guise dans la couleur qui t'appartient..."
"Oui, c'est vrai, j'avais oublié, et alors ?"

"Si tu veux pour mieux t'expliquer les neiges éternelles, je t'y emmène..."
"Tu en es sûr, je peux ?" s'étonne-t-elle.
"Oui, je t'ai dit l'autre fois que tu ne pouvais dépasser la couleur verte dans la montagne aux sept couleurs, mais tu peux aller jusqu'au sommet avec moi, j'ai demandé l'autorisation !"
"C'est super ! je suis prête, quand tu veux."
"Alors surtout, écoute moi bien et n'hésite pas à t'accrocher à mes pattes si tu te sens fatiguée ou perdue."
Je ferme les yeux et je me laisse transporter dans ce grand voyage. Je sens très vite le passage au travers du miroir, les couleurs de l'arc-en-ciel sont toujours aussi vibrantes de douceur...
Kiepp est là, tout près et je sais que je ne risque rien. Comme d'un coup de reins, je me sens transportée dans l'ascension de la montagne, dans le

paysage vert, bien connu, puisque je vous rappelle que c'est la couleur de mon plumage...
Tout me semble si facile, Kiepp est là devant moi, je me sens forte et sans aucun mal, je passe le paysage bleu ciel et bleu indigo puis j'arrive dans l'étape du violet et là, Kiepp me fait signe de m'arrêter.
Je n'ai plus de voix devant cette couleur si forte et à la fois si douce, je reste la bouche ouverte devant cette immensité, cela me paraît bien plus grand en comparaison de la couleur verte.
Tous les Oiseaux-Esprits que je rencontre, sont des êtres de grande bonté, tout ici vibre à une dimension que je ne connaissais pas !
Kiepp me dit alors :
"Voilà ce que tu retrouveras, toi et beaucoup d'autres, un jour, après avoir respecté toutes les règles."

"Tu veux dire qu'il y a un règlement ?"
"Pas tout à fait, comment te dire ! Toi par exemple, qui a atteint la couleur verte, tu connais l'amour universel, le respect des autres et de tout ce qui t'entoure, mais tu restes parfois colérique, grincheuse, jalouse, boudeuse, exigeante avec la vie... Ce que l'on appelle des défauts !
Et là, on se dit que l'on n'est pas parfait ! N'est-ce pas ?"
"Oui, c'est vrai, je ne me sens pas parfaite, je suis d'accord !"
"Et bien, tous ces êtres qui vivent ici ont atteint le "presque" parfait."
"Je me rends compte que cela doit être très difficile pour corriger tous ces défauts !"
"C'est pourquoi nous avons besoin de nombreuses vies, qui sont toutes des étapes, pour atteindre la perfection.
Ce que tu vas voir au sommet, dans les

neiges éternelles, est encore plus grand, aussi je te conseille de t'accrocher à moi, et de ne pas t'éloigner."
"D'accord" ! dit Rebecca sans hésiter.
En l'espace d'un éclair, je suis installée au sommet de la montagne.
Je cherche mes mots pour vous décrire la beauté de cet endroit sans frontière...
J'ai en moi la sensation de perdre mon souffle tellement l'air y est pur.
La lumière étincelante qui me transperce de part en part sans m'aveugler, n'existe pas sur la terre...
Je me sens transportée d'Amour, un sentiment si grand ici, que des larmes de joie s'écoulent lentement.
La paix qui règne ici est extraordinaire, tous ces oiseaux blancs semblent tous se baigner dans cette même lumière, avec ce même bonheur d'exister en ces lieux. Jamais je n'aurais espéré atteindre un tel endroit, où l'on sent à la fois, la

Force, la Sagesse, la Douceur, l'Harmonie...
Les mots terriens me semblent fades devant tant de beauté. Kiepp me fait signe de regarder sur ma gauche, et je suis alors éblouie devant une immense cathédrale de cristal, limpide, transparente et scintillante de pureté.
"Qu'est-ce que c'est ?" dit Rebecca en bredouillant.
"C'est ici où l'on conserve la mémoire de tous les êtres vivants."
"Explique-moi !" dis-je intriguée.
"Et bien dans chacune de nos vies respectives, nos faits et gestes, nos erreurs, nos agissements, mais aussi nos bonnes actions, enfin pour te résumer tout ce qui représente nos vies passées est inscrit et gardé précieusement en ce lieu."
"Saurais-tu me dire qui règne sur ce royaume ?"

"Oui, Dieu !"
"Est-ce le Dieu des catholiques, des protestants, des musulmans, des hindous ?"
"Tu l'as vu, ici il n'y a pas de drapeau, de pays, de couleur de peau...
Nous ne voyons que la couleur des Oiseaux-Esprits, seule cette couleur nous permet de reconnaître le niveau de connaissance de chacun d'entre eux, qu'importe si sur terre c'est un homme riche, célèbre ou mendiant.
Dieu existe en chacun de nous au travers de ce lieu qui représente l'Amour, la Lumière, la Bonté, la Sagesse, la Paix pour tous ceux qui l'atteindront un jour !"
"Tu l'as rencontré DIEU ?"
"DIEU n'est pas un homme, ni un être, tout ce que tu vois ici représente DIEU, c'est la force de créer chaque chose, chaque être, chaque endroit.

Lorsqu'il nous arrive de rencontrer un endroit si beau sur terre qu'on en a le souffle coupé : DIEU est passé par là !
Cette force est là, partout sur terre, comme dans la montagne aux sept couleurs.
Il est en chacun de nous aussi ! Ecoute ton cœur, tes sentiments, tes émotions, là on peut lire DIEU !"
"Alors je ne comprends pas, on nous a toujours parlé des guerres de religions à l'école, DIEU envoie-t-il les hommes sur terre pour se battre ?"
"DIEU est amour pour tous et ne conçoit pas la guerre, c'est l'homme dans son pouvoir, ses choix, qui décide son chemin et sa vie !
DIEU a envoyé à différentes époques sur la terre, des "Oiseaux-Guides", les meilleurs, les plus parfaits, à son image. Ils acceptent la vie sur terre, dans différents pays, pour dire l'amour qui

se trouve en chacun de nous, ils s'appellent : JESUS, MAHOMET, BOUDDHA...”
“Mais pourquoi toutes ces religions se disputent-elles ?”
“Chacune d'entre elles pense avoir raison, mais si tu regardes bien : chaque “croyant”, a la Foi en DIEU, le DIEU de sa religion, alors qu'il n'existe qu'un seul et même DIEU... Celui que tu ressens actuellement en ces lieux...”
“C'est vrai que c'est une sensation étrange, ce lieu est fort en lumière, mais aussi je me sens protégée, aimée, enveloppée, comme quand j'étais plus petite dans les bras de ma mère.”
“Oui, c'est ça, tu décris bien ce “Royaume de DIEU”, dans son Amour et sa Protection pour tous les Êtres vivants...
Tu sais je ne pensais pas te faire découvrir tout cela aussi vite, et je suis fier de toi et de ta facilité à comprendre,,

aussi, je te propose quelque chose, Rebecca..."

"Que peux-tu me faire découvrir de plus grand et de plus beau ?"

"C'est vrai que je ne peux te faire aller plus haut, puisque nous sommes au sommet de la montagne, mais je te propose de regagner ton corps terrestre et pour cela je vais t'aider, et puis je te demande de te mettre au travail pour écrire tout ce que tu as découvert dans ces aventures avec moi, tu l'écriras pour les enfants et tu pourras ainsi leur faire comprendre que le royaume de DIEU existe bien.

Il n'y a pas d'or, ni d'argent dans ce royaume, mais des trésors d'Amour, de Sagesse, de Bonté , de Lumière et de Paix !"

"Tu sais KIEPP, je me sens tellement privilégiée, tellement heureuse d'être en ces lieux, avec toi, je me sens si petite, comment vais-je trouver les mots pour traduire tout cet enseignement ?"

"Je t'aiderai, et puis la foi que tu portes désormais en toi, te permettras en toute circonstance de croire en ta mission de vie...

Sur ce, accroche toi bien à moi, nous allons retrouver ton corps !"

J'ai cette impression curieuse de descendre un grand escalier, les couleurs de l'arc-en-ciel défilent et au fur et à mesure que j'approche de mon corps, la lumière décline.

Chose encore étrange, je garde, cette lumière tout au fond de moi comme une empreinte, je n'ai vraiment plus peur, car en repensant "aux neiges éternelles" l'amour et la lumière de DIEU sont en moi à jamais.

"KIEPP ! Attends, ne pars pas déjà !" s'écrie Rebecca.

"Je suis toujours là, je guide tes pas et

tu sais bien que tu peux toujours compter sur moi."

Ma vie terrestre alors continue, mais quelque chose est changé en moi, plus de confiance, moins de doutes et enfin une vraie raison d'exister.

Kiepp m'a donné là un flambeau, une mission à transmettre...

Bien sûr, je n'ai pas oublié mes amis, Joséphine à qui je peux tout raconter depuis le début, et puis je sais aussi que Cloé, Marie et tous les animaux de sa ferme gagneront un jour Célesta et continueront d'évoluer.

Je vous promets de retrouver tout ce petit monde dans une prochaine aventure, car je suis sure que Kiepp à beaucoup de choses encore à me dire et à vous dire...

Rebecca

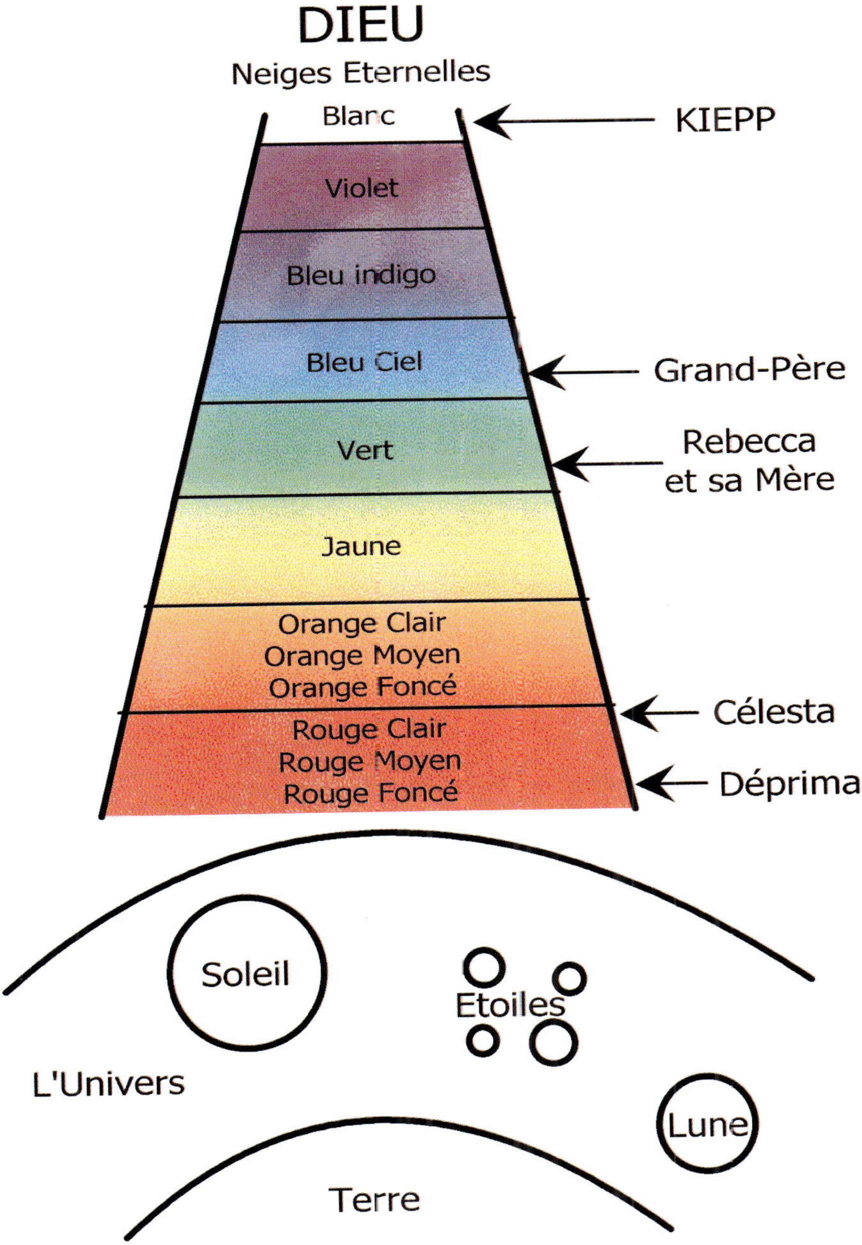
DIEU
Neiges Eternelles
Blanc
KIEPP
Violet
Bleu indigo
Bleu Ciel
Grand-Père
Vert
Rebecca
et sa Mère
Jaune
Orange Clair
Orange Moyen
Orange Foncé
Célesta
Rouge Clair
Rouge Moyen
Rouge Foncé
Déprima
Soleil
Etoiles
L'Univers
Lune
Terre

KIEPP me dit qu'il serait très heureux d'accueillir les réflexions et les questions de tous les enfants qui liront ce livre.
Il pourra ainsi vous répondre dans une prochaine aventure...

Contact avec l'auteur :

SPHERY'S
Harmonie du corps et de l'esprit

Joëlle DUCHEMIN
13 Rue de l'Embergue
12000 RODEZ (France)
Tél :(33) 04 68 90 14 53

Illustration : Corinne MALET

Dépôt légal : 4 éme Trimestre 2000
Bibliothèque Nationale de Paris
ISBN : 2-9516069-0-7